O Guia das Criaturas Mágicas

T. Câmara

O Guia das Criaturas Mágicas

desbravando terras brasileiras

LETRAMENTO

Prefácio
Introdução a um Brasil mágico
Um guia da fauna mágica brasileira

Diretor Editorial | Gustavo Abreu
Diretor Administrativo | Júnior Gaudereto
Diretor Financeiro | Cláudio Macedo
Logística | Vinícius Santiago
Assistente Editorial | Giulia Staar e Laura Brand
Revisão | LiteraturaBr Editorial
Capa | Gustavo Zeferino
Ilustrações | T. Câmara
Projeto Gráfico e Diagramação | Isabela Brandão & Luís Otávio Ferreira

Dados Internacionais de Catalogação na Publicação (CIP) de acordo com ISBD

C172g   Câmara, T.

O guia das criaturas mágicas: desbravando terras brasileiras /
T. Câmara. - Belo Horizonte : Letramento, 2019.
180 p. ; 15,5 cm x 22,5 cm.

ISBN: 978-85-9530-338-6

1. Folclore. 2. Cultura brasileira. I. Título.

2019-2216

CDD 390.0981
CDU 398.21(81)

Elaborado por Odílio Hilario Moreira Junior - CRB-8/9949

Índice para catálogo sistemático:
1.   Folclore : Brasil 390.0981
2.   Folclore : Brasil 398.21(81)

Belo Horizonte - MG
Rua Magnólia, 1086
Bairro Caiçara
CEP 30770-020
Fone 31 3327-5771
contato@editoraletramento.com.br
editoraletramento.com.br
casadodireito.com

Grupo
Editorial
LETRAMENTO

*Agradeço a um sonho de infância,
que me fez amar os animais.*

*Aos meus pais e familiares, por
sempre estarem ao meu lado.*

*Aos meus queridos amigos da Ordem,
cujo apoio e palavras mágicas foram
essenciais para a confecção deste livro.*

Prefácio

Depois de muitos anos sem qualquer contato com as comunidades de pajés do Brasil, a autora deste livro me traz às mãos um compilado soberbo de fatos e experiências envolvendo a fauna mágica de nosso país, como o produto final de anos de pesquisa nos mais remotos redutos de nosso ecossistema, enquanto perseguia os fluxos de energia que correm por nossas terras. O que muito me espanta, na verdade, não é que o Brasil detenha uma das maiores flora e fauna mágicas do mundo inteiro, ou mesmo a proeza que é a leitura deste livro, mas que dita autora esteja ainda viva, quando todos pensavam que ela havia morrido nas mãos da tribo Bundaiapó! Eu mesmo escutara de jagunços do pantanal relatos de uma jovem moça que, tendo adentrado terras indígenas, disseram eles, havia sido consumida pela tribo canibal justamente durante a época das festividades da Lua de Tupã como prática ritualística para afastar Babaus. Ora, de visita em meu escritório, João Suassuna me dissera que em suas andanças lá pela costa do Ceará, se deparara com o causo de que uma pesquisadora de comportamento ligeiramente duvidoso trajando roupas muito exóticas havia sido engolida por uma sucuri – quando na verdade deveria ser a intrépida autora deste livro lidando com uma Boapurã, já que sucuris não chegam tão a nordeste do país.

Enfim, nos alegra que nossa pesquisadora não somente tenha sobrevivido a todas as suas incursões irresponsáveis e profundamente inconsequentes, como também tenha trazido a lume obra tão importante para a cultura mágica brasileira. Todos nós das tribos pajés crescemos ouvindo histórias sobre a lendária Teiniaguá e dos cantos do Xexéu. Ainda hoje ouvimos crianças entrando desesperadas em casa por acharem ter avistado o Cabra Cabriola, um medo verdadeiramente eficaz incutido por mães e pais na educação de crianças malcriadas que se recusam a dormir em horários pré-determinados – não que devamos coadunar com tal prática. Eu mesmo passei a infância ouvindo de vovó Terezinha as histórias do Macaco Folharal. Qual foi minha surpresa quando eu descobri que elas mimetizavam os causos do Arranca Línguas, o que me abasbacou pela violência como o seu nome sugere, mas que me deixou bastante grato por não ter ouvido as histórias *de facto*, visto que eu teria crescido um rapazote traumatizado e medroso. Se pensarmos para além das nossas realidades mágicas, mesmo os Ereymas (aqueles que não foram agraciados com a capacidade de sentir e manipular a energia da terra, poder este fornecido por nosso Senhor Tupã, o Pai Mágico) cresceram sabendo da existência de seres tão reais para nós, mas que para eles se tratam tão somente de lendas, como é o caso da Boitatá e do Saci.

É a primeira vez na história do nosso país que uma pesquisadora da fauna mágica chega a publicar uma obra desta magnitude e de fácil acesso para o nosso mundo. Não somente isso, sua intenção não é meramente informativa como também reforça a tentativa pluricentenária dos nossos órgãos mágicos governamentais em tratar dos seres mágicos da nossa fauna com o respeito, a compreensão e o lugar de fala que eles verdadeiramente merecem, ainda que diante deste cenário escuro que começa a envolver nosso país e da eminência de, o que eu tenho receio em admitir, seja o início de uma guerra interna. Aplaudo essa jovem que, mesmo diante de tão macabras circunstancias, resolveu se aventurar por estes lugares inóspitos.

É com prazer, portanto, que convido a todos a apreciarem a leitura desta obra tão exemplar e pitoresca e a terem uma experiência como a minha, que tive o prazer de passar o horário do jantar com a referida autora, quando lemos este livro a vozes altas, enquanto brindávamos a riqueza da nossa natureza com aguardente de mandioca e sequilhos de umbu.

Boa leitura, portanto.

Antônio Kléber Gomes Jr.

Introdução a um Brasil mágico

UM CONCEITO, UMA HISTÓRIA

Apesar de ser um país rico no que diz respeito a fauna mágica, o Brasil não possui, até o presente momento, dados escritos e documentados desses animais, muito do conhecimento sobre eles tendo sido passado de boca em boca, como era o costume, através das gerações nas comunidades indígenas mágicas, ou por professores especializados do Centro de Formação de Pajés desde que o mesmo foi criado, em meados do século IX, quando representantes de cada liderança tribal se reuniram e resolveram estipular um local comum onde seus jovens Pajés pudessem ser ensinados nos mistérios de Tupã (embora a instituição só tenha vindo a receber esse nome de fato em meados do séc. XVI).

A fauna encantada brasileira sempre esteve presente nos contos e historietas do nosso povo mesmo antes da colonização, quando os jovens homens e mulheres (abapajés e cunhãpajés respectivamente) que possuíam uma ligação profunda com a energia mágica da terra eram educados nos mistérios de Tupã dentro do seio de suas tribos pelos Altos Pajés.

Essas lendas folclóricas se mantiveram mesmo com a chegada dos colonizadores e a consequente separação do povo mágico daqueles sem magia (que passaram a ser conhecidos como Ereymas) quando, em meados de 1822, o Conselho dos Altos Pajés resolveu separar a população mágica do então Império brasileiro, resultando na criação da República Federativa da Magia Brasileira, que passou a dividir o governo mágico em seus três atuais Poderes Unidos, o Legislativo (cujos representantes compõem o Senado Mágico Federal), o Judiciário (formado pelo Supremo Tribunal da Magia) e o Executivo (sob a responsabilidade das Forças Armadas Mágicas), cada um com suas Secretarias e Coordenadorias Especiais.

A partir de então, novas leis e decretos foram criados para a proteção de toda a fauna e flora mágicas e até mesmo não mágica do Brasil. Essa ampla proteção se deve ao país possuir um ecossistema rico e variado, onde a fauna mágica convive em perfeita sincronia com a fauna sem magia, dividindo os mesmos territórios sem quaisquer atritos, tornando recorrentes os avistamentos dessas criaturas pelos Ereymas. Além disso, a forma inquietante com a qual essas pessoas que não possuem ligação com a energia mágica começaram a tratar o meio ambiente como um todo trouxe apreensão para as lideranças Pajés, daí a necessidade de tais medidas preventivas.

No que diz respeito aos contos folclóricos, um dos mais populares, que persiste na boca do povo até os dias atuais, é o folclore da Iara, uma jovem Mãenati que gostava de se aventurar nas águas mais rasas próximas à moradia de seu grupo. Um dia, um jovem Ereyma a avistou e acabou se apaixonando por ela. Todos os dias ele iria até a beira do rio e deixava uma pequena flor na água, para que a correnteza levasse até ela. Passado o tempo, o jovem criou coragem e resolveu se revelar para a sua amada, contudo, ao ver a aproximação do humano, a Mãenatí se assustou e mergulhou de volta para a segurança do fundo do lago. Desconsolado, o rapaz apaixonado se jogou às águas e nunca mais foi visto.

O conceito para a confecção de "O Guia das Criaturas Mágicas – desbravando terras brasileiras" surgiu dos devaneios e sonhos de uma jovem que, tendo se encantado com as maravilhas das criaturas mágicas e inspirada por vários outros pesquisadores mundo afora, iniciou uma busca incansável para suprir essa carência de dados e, com isso, criar um registro fidedigno que pudesse servir de guia para as futuras gerações de abapajés e cunhãpajés brasileiros.

Este livro apresenta um compilado de fatos documentados de eventos fantásticos, observados em primeira mão por essa corajosa cunhãpajé, que deixou sua vida segura de lado, munida apenas de uma bolsa sem fundo e sua miçanga de feitiços, para conhecer os recantos mais indomáveis do país. Imagine o quão maravilhoso é presenciar o nascimento de um Aguará, escondido em meio aos restos de mata fechada do Cerrado; a emoção de se esgueirar furtivamente no território de um Yawara, enquanto busca por uma companheira; ou ouvir o som único do canto do Xexéu. Esses são alguns dos ensinamentos que essa brava autora busca passar para seus futuros leitores.

HABITATS MÁGICOS BRASILEIROS

Em se tratando de habitats, o Brasil possui um vasto território onde os tipos de clima e de solo são variados, o que confere diferentes condições ambientais. Esses fatores propiciam o surgimento de diferentes ecossistemas, onde a energia mágica da terra parece fluir de forma harmoniosa, tornando o ambiente favorável para a convivência pacífica de diferentes formas de vida, tanto as mágicas como aquelas sem magia.

A disposição dos **ecossistemas brasileiros** forma um grande patrimônio natural, em que se destacam a Mata Atlântica, o Cerrado, o Pantanal, os Pampas, a Caatinga e a Amazônia.

Floresta Amazônica

Estende-se além do território nacional, seguindo para o Peru, Colômbia, Venezuela, Equador, Bolívia, Guiana, Suriname e Guiana Francesa, tornando-a o ecossistema com a maior diversidade de Flora e Fauna da América do Sul. Em 1825, uma disputa envolvendo parte do território amazônico quase levou a uma guerra entre o Senado Mágico Federal do Peru e a República Federativa da Magia Brasileira, até que o então eleito Pajé Moroubixaba (o Presidente do povo mágico), Abelardo Alves Nogueira Chaves, declarou a região Amazônica terreno comum Sul Americano. Um tratado foi então assinado entre as comunidades mágicas da América do Sul, cedendo definitivamente o território para o já existente Centro de treinamento mágico do Brasil, que passou a receber alunos provenientes de todo o continente sul americano.

Com chuvas frequentes e abundantes, e uma flora rica e exuberante, é habitada por inúmeras espécies de animais tanto mágicos como sem magia, como o Uiara, a Caipora, os Curupirraças e vários outros. Para termos uma ideia da riqueza da biodiversidade desses ecossistemas, ele apresenta, até o momento, 1 milhão de espécies de vegetais mágicos identificadas por Caápajés (feiticeiros especialistas em plantas e ervas imbuídos com a energia mágica da terra).

Cerrado

O Cerrado, ou a Savana brasileira, estende-se por grande parte da região Centro-Oeste, Nordeste e Sudeste do país. É um bioma característico do clima tropical continental, que, em razão da ocorrência de duas estações bem definidas – uma úmida (verão) e outra seca (inverno) –, possui uma vegetação com árvores e arbustos de pequeno porte, troncos retorcidos, casca grossa e, geralmente, caducifólia (as folhas caem no outono). Assim como a Mata Atlântica, boa parte do seu bioma foi degradado com a chegada dos conquistadores europeus.

Para evitar a extinção das espécies existentes na região, criou-se pelo governo mágico reservas ecológicas para abrigar a flora e a fauna, sua proteção ficando a cargo da Secretaria de Desenvolvimento e Defesa do Meio Ambiente Mágico. A fauna mágica da região é bastante rica, constituída por Aguarás, Besta Fera, Familiá, dentre outros.

Mata Atlântica

Esse exemplar de Floresta Tropical do Brasil praticamente já desapareceu, pois, como estava localizada na faixa litorânea do país, grande parte de sua vegetação original foi devastada para ceder lugar à intensa ocupação do litoral por parte dos Ereymas e povos mágicos estrangeiros (os Maíras). Originalmente, a vegetação desse bioma encontrava-se localizada em uma extensa área do litoral brasileiro, que se estendia do leste do Rio Grande do Norte até o Rio Grande do Sul, e era constituída por uma vegetação florestal densa, com praticamente as mesmas características da Floresta Amazônica.

A fauna dessa região já foi praticamente extinta pela ocupação dos colonizadores ou teve que se deslocar para novos habitats, como foi o caso do Acutipuru, que antigamente era encontrado por todo o território da Mata Atlântica, Cerrado e Floresta Amazônica, mas que agora seus poucos exemplares só podem ser avistados em algumas áreas magicamente protegidas da Floresta Amazônica. Ainda hoje pesquisadores estudam o impacto que essa devastação está causando sobre o fluxo de energia mágica que corre pela terra.

Caatinga

Estende-se por todo o sertão brasileiro, ocupando cerca de 11% do território nacional. Trata-se da região mais seca do país, localizando-se na zona de clima tropical semiárido. A vegetação dessa região é composta, principalmente, por plantas xerófilas (acostumadas com a aridez, como as cactáceas) e caducifólias (que perdem a folha durante o período mais seco), além de algumas árvores com raízes bem grandes que conseguem captar a água do lençol freático em grandes profundidades e que, por isso, não perdem as suas folhas, como o juazeiro, uma das espécies de madeira mágica mais comumente utilizada para a confecção das miçangas, instrumentos usados para concentrar e canalizar os poderes da população mágica. A fauna desse bioma é composta por criaturas que possuem uma alta resistência ao calor e a seca, como é o caso do Ahó Ahó e do Maçone.

Pampas

Localizado no extremo sul do Brasil, no Rio Grande do Sul, esse bioma é bastante influenciado pelo clima subtropical e pela formação do relevo, que é constituído principalmente por planícies. Em virtude do clima frio e seco, a vegetação não consegue desenvolver-se, sendo constituída principalmente por gramíneas e ervas que só crescem em climas frios. É nesse clima extremo onde foi construída a cidade armamentista de Guaranibassu, sede da Academia de Formação de Guarapajés, escola de treinamento militar para abapajés e cunhãpajés que querem ingressar nas Forças Armadas Mágicas (FAMa) e servir ao país. São exemplos da fauna mágica que sobrevivem nesse clima o Acaeoby, o Boi Vaquim e o Saci.

Pantanal

Trata-se da maior planície inundável do país e está localizado nos estados de Mato Grosso e Mato Grosso do sul. Esse bioma é muito influenciado pelos regimes dos rios presentes nesses lugares, pois, durante o período chuvoso (outubro a abril), a água do pantanal alaga grande parte da planície da região. Quando o período chuvoso acaba, os rios diminuem o seu volume d'água e retornam para os seus leitos. Por essa razão, a vegetação e os animais precisam adequar-se a essa movimentação das águas. Todos esses fatores tornam a fauna mágica do pantanal muito diversificada, constituída por Cucas, Caiporas, Quibungos, dentre outros.

MBAÉPAJÉ
HISTÓRICO DE UMA PRÁTICA MILENAR

Não existem relatos ao certo de como e quando surgiu a profissão de Mbaépajé no Brasil, contudo sabe-se que as antigas tribos indígenas tinham o costume de separar e treinar os jovens pajés nos mistérios do Irmão Guaraci, ensinando-os os cuidados que envolvem a fauna mágica presente no nosso país.

Registros históricos atribuem a formalização da profissão ao então Líder do Senado Mágico Federal, Rodrigo Aguiar Carvalho Campos, em meados e 1830, tornando o país o precursor nos cuidados com a fauna mágica e sendo conhecido até os dias atuais por formar os mais famosos Mbaépajés da história, como o abapajé Upiara Macunaíma, que descobriu como armazenar e utilizar o sangue dos Unicorne na fabricação de um antitóxico altamente potente, funcionando para a maioria dos venenos conhecidos; ou como a jovem cunhãpajé Maiara Amana, que, em meados de 1870, foi a primeira mágica a se aventurar e ser aceita em uma comunidade de Boapurãs.

Mbaépajés brasileiros são treinados desde os primeiros anos de sua educação mágica para compreenderem e analisarem os diferentes hábitos comportamentais, a função que cada ser exerce na intricada cadeia da magia da terra e as principais doenças que acometem a fauna mágica brasileira, muitos deles estendendo seu tempo de estudo para se especializarem na difícil carreira de Mbaépossanongara, que lida com a clínica, cirurgia e reabilitação da fauna mágica.

Um guia da fauna mágica brasileira

Abagualun

GRUPO DE centauros brasileiros que chegaram ao país, provenientes das terras africanas, como escravos dos Maíras imigrantes europeus, sendo muitas vezes usados para os mais humilhantes serviços, como puxar carroças de crianças, ou para arar os campos. Possuem pele escura, cabelos negros, geralmente crespos ou encaracolados, e corpo com pelagem variando em tons de castanho, negro e alazão.

Após uma sangrenta rebelião, que culminou com a quase extinção da espécie, os poucos que restaram foram libertos em meados de 1889 e hoje vivem tranquilamente em uma pequena comunidade organizada em uma área fortemente protegida pelo Magistrado Mágico brasileiro, localizada no Vale do Guaporé – MT. São mais pacíficos que seus parentes europeus, mais ligados aos mistérios da terra do que dos astros, o que os torna habilidosos agricultores. Ficaram conhecidos popularmente no Brasil como "Negrinhos do Pastoreio" quando um dos potros se perdeu do rebanho e foi visto por um fazendeiro Ereyma, o qual pensou se tratar de um rapazote negro que tentava roubar seus cavalos.

Acaéoby

AVE MÁGICA de plumas azuis e cabeça preta com um pequeno topete, conhecida pelos Ereymas como Gralha-azul. Devido a sua aparência comum, não foi considerada um animal mágico até meados do século 19, quando o Caápajé Pedro Nunes Carvalho, em uma de suas viagens de pesquisa, que o levou a floresta de araucárias do sul do Brasil, se deparou com um desses animais. Intrigado com o fato do pássaro não se mover ou emitir qualquer som, o abapajé se aproximou com cautela, e qual não foi sua surpresa ao perceber que a ave não só estava chorando lágrimas peroladas, como quando tocavam o solo as plantas das mais variadas formas e tamanhos cresciam instantaneamente.

Mestres de Possangas de vários locais do mundo tentaram capturar e domesticar essa ave, no intuito de fazê-la produzir plantas mágicas a partir de suas lágrimas, entretanto, nenhum deles jamais conseguiu fazer com que esses animais chorassem em cativeiro. Com o tempo, a caça ao Acaéoby foi proibida.

A cutipuru

ROEDOR MÁGICO de grandes olhos azulados e hábitos noturnos. Mede cerca de quarenta centímetros, sendo metade deste tamanho correspondente a sua cauda longa e peluda. Faz sua moradia no alto das árvores e, quando se locomove, saltando de um galho para o outro, abre todos os seus membros, que são interligados por uma membrana de pele, e simplesmente "planam" de uma árvore à outra. Seu corpo é recoberto por uma pelagem negra sedosa, com pequenos pontos brilhantes que lembram o céu noturno. Quando assustados, eles liberam um pó fino e quase indetectável, que coloca quem o aspire em um sono profundo, que pode durar horas, dias ou até mesmo anos.

Aguará

CONHECIDO PELOS Ereymas como Lobo Guará, esse canídeo de orelhas pontudas, pelo vermelho fogo, olhos dourados e compridas pernas negras é tido por aqueles sem energia mágica como um animal normal que se encontra quase em extinção. Entretanto, são animais muito comuns no mundo mágico brasileiro e amplamente procurados como animais para a guarda, devido à sua feroz lealdade e à sua capacidade de detectar Poderes Contaminantes a quilômetros de distância.

Quando em modo de proteção, chegam a dobrar de tamanho e suas presas secretam uma substância venenosa paralisante. As Forças Armadas Mágicas – FAMa possuem um esquadrão especializado, onde abapajés e cunhãpajés fazem parceria com esses animais para capturar Paieaíbas, pessoas que tiveram seus corpos e poderes contaminados por ações malfazejas.

Ahó Ahó

GRANDE ANIMAL, semelhante a um carneiro, com quase um metro e meio de cernelha, de pelagem farta, volumosa e suave, e chifres prateados tão duros quanto diamantes. Possui olhos dourados aterradores com pupilas fendidas como as de uma cobra, e presas e garras viciosas. Sua barriga é coberta por escamas resistentes e sua cauda termina em um ferrão semelhante ao de um escorpião, que produz um veneno capaz de matar em poucos minutos.

Vivem em pequenas manadas, compostas de um único macho alfa e várias fêmeas, nas regiões mais áridas do interior nordestino. Quando chega a época de reprodução, os machos lutam entre si com seus chifres poderosos e seus ferrões até que apenas um deles permaneça em pé. Apesar de toda essa bravura, por algum motivo que ainda está sendo estudado por Mbaépajés, esses animais temem as folhas das palmeiras como a peste, sendo fácil assustá-los ao se acenar um ramo em sua direção.

Ajá

PEQUENOS ESPÍRITOS humanoides de vento, que estão em profunda sintonia com a energia mágica bruta que emana da terra. São benfazejos e brincalhões, com grandes olhos inocentes e corpo das mais variadas cores. Capazes de se comunicarem através de uma forma básica de telepatia, são enviados aos alunos novatos algumas semanas antes do início das aulas para ajudá-los a compreender a magia em sua forma mais básica, e para auxiliá-los durante seus anos de aprendizagem.

Todos os anos, para dar nascimento a novos filhotes, os adultos viajam para o centro mágico terrestre mais próximo, seguindo o fluxo da magia da Senhora Yebá Beló, a Mãe Terra, que somente eles sabem identificar. Uma vez em seu destino, os machos iniciam uma série de movimentos acrobáticos multicoloridos, a fim de atrair uma fêmea. O filhote nascido fica com a mãe até ter idade suficiente para ser enviado como guia para os novos alunos.

Alamoa

SERES MÁGICOS que se manifestam sob a ilusão de uma bela mulher de pele branca, longos cabelos dourados e olhos azulados, que utiliza seus encantos para atrair aqueles aventureiros incautos que resolvem caminhar pela noite. Assim que os têm sob seu controle, elas assumem sua verdadeira forma: um esqueleto fantasmagórico de presas pontiagudas, as quais utiliza para drenar o sangue de suas vítimas.

A cada 50 anos, a Alamoa procura por um abapajé poderoso para criar a próxima geração. A espécie está hoje contida por uma infinidade de barreiras mágicas no alto do Morro do Pico, elevação rochosa de 323 metros na ilha de Fernando de Noronha.

Anhangá

MUITOS DIZEM ser este um espírito maligno que habita as profundezas da Floresta Amazônica, atacando todos aqueles que cheguem muito perto de suas terras. Entretanto, em estudo mais aprofundado de uma manada em seu habitat natural, descobriu-se que são na verdade seres mágicos de extrema pureza e inteligência, que estão em profunda sintonia com os poderes que fluem pela terra, e que protegem a natureza a sua volta, usando as capacidades hipnóticas de seus olhos vermelhos rubis para confundir caçadores e exploradores.

Possuem a forma de um cervídeo de pelo branco puro quando adultos e negro-esverdeado quando jovens, ideal para que possam se camuflar no meio da floresta fechada onde vivem. A brancura dos pelos parece estar relacionada ao acúmulo de energia mágica, pois, quanto mais branco e brilhoso, mais poderoso será o Anhangá. Dizem que, assim como o sangue dos unicórnios britânicos, os olhos dessa criatura são capazes de prolongar a vida de um indivíduo quando ingeridos, razão pela qual eles foram caçados até quase a extinção. Os poucos exemplares existentes atualmente são protegidos por rigorosas leis mágicas.

Arranca Línguas

GRANDES PRIMATAS de pelos negros e fartos, olhos esbranquiçados, com uma fileira de dentes afiados em sua boca e que vivem nas terras do cerrado brasileiro. Como seu nome já diz, seu alimento favorito é a língua de suas vítimas, as quais ele arranca com suas longas e afiadas garras. Sua face é tão grotesca e assustadora que provoca um grito involuntário àqueles que o fitam diretamente, facilitando a remoção de suas línguas. Seu couro duro é resistente à maioria dos encantamentos e muito procurado para a confecção de vestes de batalhas utilizadas pela FAMa.

Babau

SER MÁGICO de rosto vermelho demoníaco, olhos esbranquiçados, chifres curvos e pontiagudos, e corpo recoberto por uma túnica negra. Se esconde e se alimenta das sombras dos seres vivos, drenando o calor de seus corpos. Sua presença pode ser detectada quando a vítima começa a sofrer calafrios intensos e, se não é expulso a tempo, a vítima morre congelada. Feitiços de aquecimento e que produzam fogo são altamente eficazes contra esses seres, entretanto já houve relatos de Ereymas que sobreviveram à presença deles após acenderem uma fogueira e tomarem chocolate bem quente.

Besta Fera

SER FANTÁSTICO, metade lobo, metade cavalo, que costuma viver em pequenos bandos, compostos por um casal alfa e seus seguidores. São animais relativamente pacíficos, mas muito orgulhosos, inteligentes e territoriais. Dizem que, ao se encarar fixamente os olhos azulados de uma destas bestas, o indivíduo será acometido por uma loucura sem sentido que irá durar por vários dias, ao final dos quais não se lembrará de jamais ter visto tal criatura.

A cunhãpajé Moema Aiyra dos Santos é a única conhecida na história da magia brasileira por ter conseguido domesticar com sucesso um desses animais, entretanto ela faleceu sob circunstâncias estranhas sem repassar esse conhecimento.

Bicho Homem

UM DOS gigantes das terras brasileiras, parentes dos Gorjalas. Possui um único olho no centro de sua testa e um pé redondo enorme. Grandes, fortes, ferozes e extremamente burros, costumam emitir assobios agudos que assombram os moradores da região. Devido aos perigos de exposição à comunidade sem magia, esses seres estão sendo contidos em áreas serranas do território nordestino, protegidas pelo Esquadrão Especial de Mbaépajés.

Boapurã

CRIATURA MÁGICA, metade mulher, metade serpente, que vive em comunidades submersas, próximas a costa brasileira, especialmente na região de Jericoacoara. Tão inteligentes quanto os Mãenati e os Caboclos D'água, as Boapurã vivem em sociedades organizadas, com uma líder, denominada "Princesa", responsável por ditar as regras e suas seguidoras. Não existem exemplares machos da espécie. A Princesa é a única que pode dar nascimento a novas Boapurãs através dos ovos dourados postos por ela, entretanto os mecanismos por trás da fecundação desses ovos ainda não estão bem esclarecidos. Alguns abapajés mais tradicionais afirmam que elas recebem bênçãos do Pai da Magia para realizar tal feito. Abominam todos os machos de todas as espécies, tornam-se extremamente agressivas quando na presença de um.

Boi Vaguim

BOVINO ALADO com chifres de ouro e olhos de diamante. É capaz de expelir fogo pelas narinas e boca. São extremamente velozes e fortes, com pelagem dura e resistente, tornando quase impossível capturá-los. Vivem em pequenos bandos nas serras gaúchas. Seu sangue, quando ingerido, confere ao bebedor uma força hercúlea por alguns minutos e é um dos principais ingredientes das possangas de revitalização, entretanto, devido à dificuldade de obtê-lo, é considerado um ingrediente de luxo no mercado.

Antigamente existia um rito de passagem para os jovens abapajés recém-ingressados na Academia de formação de Guarapajés (feiticeiros militares), onde eles tinham que perseguir, capturar e coletar um tubo de sangue de um desses animais. A prática foi abolida pelo reitor da Academia após a trágica morte de mais da metade da turma de novos cadetes.

Boitatá

TAMBÉM CONHECIDAS como "Fogo que corre", essas serpentes de escamas azuis incandescentes e olhos como brasas protegem as matas brasileiras das queimadas provocadas pelos humanos, controlando o fogo e muitas vezes o impulsionando em perseguição dos infratores. Seu corpo também é capaz de absorver as chamas, acabando com os incêndios. Embora ferozes protetores, são animais muito dóceis e fáceis de serem domesticados, sendo muitas vezes utilizados pelas tribos sulistas brasileiras para aquecer as moradias no período de friagem.

Boúna

SERPENTE AQUÁTICA gigante, encontrada comumente na região amazônica. Tão mortal quanto o Basilisco europeu, esse ofídio é capaz de provocar ilusões para confundir marinheiros ao utilizar suas escamas prateadas como um espelho. Adolfo da Mata, Mbaépajé especialista em ofídios mágicos, descreve esta criatura em um dos seus diários como: "...Ser fantástico que assume a forma das mais absurdas figuras: caravelas, vapores, canoas... capaz de engolir por inteiro e de um só golpe um homem adulto... os remoinhos provocados por sua poderosa cauda e os silvos que produz recordam a hélice de uma embarcação a vapor. Os olhos, quando fora d'água, semelham-se a dois archotes...".

Bradador

CRIATURA SEM forma conhecida, que vive no interior de São Paulo e Santa Catarina. Emite gritos medonhos, que lembram os prantos de uma criança em perigo, os quais eles utilizam para atrair suas vítimas, conduzindo-as até as cavernas escuras, onde o Bradador costuma fazer sua moradia, e onde são então devoradas. Nenhum estudioso jamais conseguiu distinguir a forma verdadeira de um desses seres, pois eles desaparecem ao menor sinal de luminosidade.

Caboclos D'água

SERES AQUÁTICOS de grande inteligência, possuindo uma forma humanoide, estando inclusos no mesmo grupo dos Mãenati e Boapurã. Diferentes destes, que vivem em águas salgadas, os Caboclos preferem se estabelecer em cavernas e grutas do fundo de mananciais de água doce. O maior agrupamento conhecido hoje em dia encontra-se estabelecido na Bacia do Paraná. Sua pele negra é fria e lisa, semelhante a de um anfíbio, o que facilita o seu deslocamento quando na água. São exímios e perigosos guerreiros, e evitam o contato com quaisquer outros seres mágicos, principalmente abapajés.

Cabra Cabriola

PEQUENOS E perigosos seres, metade duende, metade bode, que chegaram ao Brasil nos navios dos primeiros conquistadores mágicos portugueses. São seres altamente maliciosos que adoram se alimentar da carne de crianças, principalmente se a mesma for mágica. Produzem um som semelhante a um animal machucado, o qual utiliza para atraí-las para longe de seus pais. Devido ao grande número de ataques que vinham acontecendo, criou-se o costume na comunidade mágica de se presentear os futuros pais com o ser que o Cabra Cabriola mais teme: um filhote de Cachorra da Palmeira, para que a mesma pudesse proteger a criança até que ela tenha idade suficiente para ir ao Centro de treinamento mágico.

Cachorra da Palmeira

CANÍDEO NORDESTINO de corpo e membros compridos, e pelagem farta, capaz de alcançar facilmente velocidade acima de 100 km/h. São altamente leais e muito protetoras, principalmente com crianças, as quais elas defendem com uma ferocidade assombrosa. Esse animal fantástico tem a peculiaridade de todos os seus exemplares serem fêmeas, e ainda não se sabe ao certo como ocorre sua reprodução. Suas presas favoritas são os Cabra Cabriola e elas conseguem engoli-los inteiros ao deslocarem suas poderosas mandíbulas.

Cainamé

MONSTRO MÁGICO bípede, com pés que terminam em cascos de boi, garras de águia, cabeça de tamanduá e corpo peludo. Somente vistos por aqueles que possuem magia, esses seres se alimentam de emoções, retirando de suas vítimas pouco a pouco a vontade de viver. São os guardas da prisão mágica brasileira, localizada na ilha de São Francisco do Sul, em Santa Catarina. Muitos presos chegam a cometer suicídio após exposição prolongada a esses seres. Podem ser controlados apenas por abapajés que possuam um domínio excepcional de sua mente e de suas emoções, sendo este o motivo pelo qual a seleção para o cargo de Abapajé Vigilante, oficiais que mantêm a ordem na prisão paieaíba, ser extremamente complexa.

Caipora

ENTIDADES HUMANOIDES protetoras das florestas brasileiras e dos seres que nela vivem. Sempre acompanhadas por um grupo de Curupirraças, elas protegem os terrenos do Centro de Formação de Pajés e a floresta que o circunda daqueles sem magia. Não são maiores que um ser humano adulto e seus corpos são feitos de madeira vermelha, semelhante ao pau-brasil.

Assim como os Anhangá, esses seres estão em profunda sintonia com o fluxo de energia da Terra e podem controlar livremente a flora local. Relatos de Mbaépajés dizem que se alguém encarar os profundos olhos perolados deste ser poderá vislumbrar pedaços de seu futuro.

Cão da Meia Noite

ANIMAL ENORME, de porte de cavalo jovem, de olhos vermelhos e pelagem negra esfumaçada. Aparece nos cemitérios, ou em locais onde ocorreu alguma tragédia, para se alimentar dos sentimentos negativos que cercam a região. Quando aqueles de luto relatam serem acometidos por uma sensação aconchegante e pacífica, é um sinal da que estes animais estão presentes nos arredores e que estão se alimentando da angústia que ali persiste. Apesar da sua docilidade e efeitos positivos, foram caçados por anos por abapajés ignorantes, que afirmavam que avistar uma dessas criaturas era presságio de morte.

Cãoera

MORCEGOS IMENSOS, aproximadamente do tamanho de um urubu, que gostam de sugar o sangue dos humanos, sendo considerados os "vampiros" das terras brasileiras. São completamente cegos e se baseiam nas ondas sonoras para detectarem suas presas. Devido a isso, podem ser facilmente derrotados se o abapajé for proficiente em encantos silenciosos e feitiços que provoquem luz, pois, como todo morcego, os Cãoera tem aversão a todos os tipos de intensa luminosidade, chegando a se desfazerem em cinzas quando expostos ao sol a pino.

Capelobo

TIDO COMO o lobisomem das terras brasileiras, essa criatura de corpo grande e musculoso, coberto por pelos, e focinho comprido, assombra as comunidades mágicas e não mágicas, tendo preferência por caçar jovens e crianças. Diferente do seu homólogo britânico, a maldição do Capelobo não é transmitida pela mordida, mas sim se manifesta sempre no sétimo filho homem de uma família mágica.

Alguns pesquisadores atribuem a origem do Capelobo a uma maldição lançada por uma feiticeira Paieaíba nas famílias mágicas com muitas crianças. A causa da praga seria devido a ciúmes, já que ela mesma não podia ter filhos. Até hoje, mestres na área tentam encontrar uma cura para essa maldição.

Carbúnculo

ANIMAL MÁGICO que possui uma joia preciosa incrustada em sua testa, a qual traz boa sorte e fortuna para aquele que a possuir. Para fugir dos perseguidores gananciosos, o Carbúnculo é capaz de assumira diferentes formas, geralmente pequenos animais como gatos, aves e lagartos. Além disso, ele tem a habilidade de projetar um raio luminoso de sua joia, capaz de cegar aqueles que o perseguem por motivos mesquinhos. Entretanto, quando se deparam com alguém humilde e de bom coração que esteja em extrema necessidade, a joia cai de sua testa e ele a entrega pacificamente. São classificados como animais em risco de extinção pelo Departamento de Controle, Comércio e Criação de Criaturas Mágicas.

Carvara

SERES PEQUENINOS, de corpo longo, fino e amarronzado, coberto de pequenas e afiadas espículas, e olhos escuros proeminentes. Se utilizam de seu tamanho e forma para se camuflarem com os galhos secos das árvores que escolhem para ser sua moradia, das quais se tornam extremamente protetores. Seus espinhos secretam uma substância viscosa, fétida e muito corrosiva. Uma única gota desse muco é capaz de abrir um buraco na parede do mais reforçado dos cofres.

Cavalo das Almas

EQUINO TRANSLÚCIDO e esquelético, encontrado principalmente no interior do estado de São Paulo. Geralmente invisíveis, antigos Mbaépajés diziam que traziam má sorte para aqueles que conseguissem vê-los. Contudo, após estudos mais aprofundados, constatou-se que, na verdade, esses animais mágicos pressentem quando alguém está próximo a morte e aparecem para aqueles que são mais chegados a vítima para alertá-los.

Jandira de Carvalho Lima, uma jovem cunhãpajé recém-formada, relata que passou uma semana sendo perseguida por um destes animais e que o mesmo, frenético quando ela não compreendeu seus motivos, forçou-a a montá-lo para que ele pudesse leva-la até seu pai, que se encontrava a beira da morte.

Cavalo do Rio

MONTARIAS DOS Caboclos D'água, esses equinos aquáticos são os parentes brasileiros dos hipocampos gregos. Robustos e tão agressivos quanto seus cavaleiros, são capazes de virar uma embarcação com um único bater de suas poderosas nadadeiras. Possuem o corpo revestido por resistentes escamas de diferentes tonalidades de azul, verde, amarelo e púrpura, e dois bigodes extrassensíveis, os quais utilizam para detectar a menor das vibrações na superfície da água e localizar suas presas. A maior manada registrada desses animais reside atualmente no rio São Francisco.

Cervo Berá

CERVÍDEO MÁGICO de pelagem dourada, cujo macho possui uma galhada em sua testa feita do mais puro ouro. A cada cinquenta anos, essa
galhada cai e uma nova cresce em seu lugar, um pouco maior que
a anterior e, quanto maior for a galhada, mais velho será o animal.
As fêmeas da espécie, no lugar da galhada, desenvolvem um par de
pequenos chifres pontiagudos, capazes de liberar uma substância
que, quando injetada, transforma qualquer ameaça em uma estátua
de ouro puro. São uma espécie protegida e sua caça é proibida.

Chibamba

PEQUENOS PRIMATAS que utilizam longas folhagens para esconderem seus corpos e se camuflarem com a mata ao seu redor. São comumente encontrados nas regiões florestais de Minas Gerais. Adoram dançar e seus movimentos tem uma qualidade hipnótica que força quem os vê a seguirem seus movimentos.

Sendo facilmente atraídos por sons musicais, o Esquadrão Especial de Assuntos Ereymas passou por um grande sufoco tentando limpar a memória daqueles sem magia quando um grande grupo desses animais resolveu invadir a pequena cidade de Sabará, em Minas Gerais, atraídos pelos festejos que estavam ocorrendo no local. Desde então, a espécie está sobre forte vigilância do Departamento de Controle, Comércio e Criação de Criaturas Mágicas. As folhas que eles utilizam adquirem propriedades curativas ao passar do tempo e muitos Mestres de Possangas vem analisando seus efeitos na busca pela cura do câncer.

Chupacabra

ANIMAL FANTÁSTICO de hábitos noturnos, que utiliza suas presas proeminentes para sugar o sangue de animais. Embora aparentemente perigosos, nunca houve relatos de um ataque dessas criaturas aos seres humanos. Possuem olhos grandes e vermelhos, e espinhos pontiagudos que saem de suas costas, os quais são recobertos por escamas que variam entre o azul, o verde, o vermelho e o púrpura durante a noite. Todavia, na luz do dia, essas escamas se tornam completamente negras, auxiliando a sua camuflagem na escuridão das tocas e cavernas que escolhe como moradia.

Cobra Norato

COBRA MÁGICA de duas cabeças, capaz de entender e falar a linguagem humana. Possuem a habilidade de detectar quando uma mentira está sendo contada, entretanto gostam de confundir e pregar peças naqueles que buscam utilizar seus conhecimentos, pois uma cabeça sempre falará a verdade, enquanto a outra sempre mentirá.

Os Guarapajés, policiais mágicos brasileiros, costumavam utilizar esses animais no inquérito e julgamento de criminosos, porém era necessária a presença de um Mbaépajé especializado para descobrir qual cabeça falava a verdade. Essa prática caiu em desuso após a invenção da possanga Dedo Duro, fabricada a partir do veneno desse ofídio, que tem o efeito de fazer o bebedor contar toda a verdade.

Cuca

ANIMAL FANTÁSTICO originário das terras europeias, que chegou ao Brasil em embarcações de Maíras portugueses, para serem utilizados como protetores das suas novas terras. São as menores e mais dóceis das raças de dragões conhecidas no mundo mágico, com focinhos compridos e pele verde escamosa.

As fêmeas possuem uma bolsa de ar embaixo do seu queixo, utilizada para carregar seus ovos quando em movimento, e uma juba de fios dourados ao redor de suas cabeças, enquanto os machos possuem uma barbela e dois longos bigodes, que atuam como sensores mágicos. Quando ameaçados, se equilibram sobre suas patas traseiras e cospem uma substância ácida corrosiva. Quando sua criação saiu de moda no mundo mágico, foram soltos nas matas brasileiras, onde passaram a assombrar as pessoas sem energia mágica, tornando-se assim um famoso personagem folclórico.

Curupirraça

TAMBÉM CHAMADOS de Curupiras pelos Ereymas, esses pequenos anões de pele esverdeada, cabelos flamejantes e pés invertidos andam sempre em bandos organizados, ajudando as Caiporas a protegerem os restos de áreas verdes que ainda existem no Brasil. São extremamente maliciosos e arteiros, criando armadilhas viciosas para deter quaisquer intrusos que se atrevam a entrar em suas terras. Foram recrutados por um dos primeiros diretores do Centro de Formação de Pajés para serem os protetores dos terrenos. Emergem sob a cobertura da noite para vigiar os alunos em seu sono e para punir aqueles que se aventuram pelos corredores sem permissão.

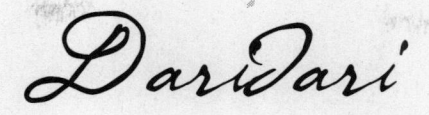

Daridari

INSETO MÁGICO que possui uma carapaça colorida incrustada com as mais variadas pedras preciosas. Vivem nas profundezas das florestas serranas principalmente no sudeste do país, sendo raramente avistados. Possuem um "chifre" em sua testa altamente sensível a qualquer forma de energia ambiente, o qual utiliza para seguir os fluxos de magia para localizar as árvores de néctar mais poderosos e para detectar possíveis atacantes que queiram se apossar de seus tesouros. Quando se sentem ameaçados, esses animais utilizam uma forma rudimentar de teletrasnporte para escaparem, deixando para trás uma carapaça colorida e vazia, que explode dentro de alguns segundos.

Emboici

PEQUENOS INSETOS de carapaça suave, com uma grande variedade de cores, e que são capazes de se disfarçarem como diferentes flores. Conseguem passar dias imóveis na mesma posição, se alimentando da seiva das árvores onde pousam através de pequenos tentáculos que saem de suas bocas e patas, semelhando-se a raízes. Devido a isso, por muitos anos houve uma disputa entre Mbaépajés e Caápajés para descobrir se esses seres eram de fato animais ou vegetais, até que José Lins Miranda, um Mbaépajé insetólogo, após realizar uma dissecação de um Emboici, conseguiu provar que eles possuíam uma forma rudimentar de coração e sistema circulatório. Ele foi amaldiçoado alguns dias após sua descoberta por um grupo de ativistas protetores, que não concordaram com a metodologia empregada.

Encantados

SERES CAPAZES de mudar sua forma dependendo da região em que se encontrem. Assumem a forma fixa de cavalos, bois, carneiros ou de vários outros animais, e a única forma de distingui-los de um animal comum é através de uma estrela dourada que possuem em sua fronte. Gostam de viver perto de fontes de água pura e dizem trazer boa fortuna para aqueles que conseguem ganhar sua confiança.

O mais famoso conto desses seres é o da Cachorrinha D'água, um Encantado que, estando quase a se afogar, foi resgatado por uma menininha sem magia que passeava a beira do rio, lavando as roupas da casa para ajudar sua mãe doente. A garotinha, usando um dos vestidos compridos de sua mãe, teria conseguido içar o pobre animal que, agradecido, não só curou a doença que acometia a família da criança, como também lhes trouxe grande riqueza.

Erê

ENTIDADE MÁGICA, oriunda das terras africanas, que assume a forma de uma criança de olhar inocente, geralmente de pele parda e olhos dourados. Pode-se diferenciá-lo de uma criança comum devido a dois pequenos chifres presentes em sua cabeça e a sua capacidade de falar perfeitamente. Por conta disso, foram muitas vezes tidos como demônios pelas pessoas sem magia e perseguidos sem piedade. Entretanto, são, na verdade, criaturas benfazejas, que aparecem ante aqueles que julgam dignos, para alertá-los sobre perigos em suas vidas, de forma quase profética.

E.T. de Varginha

PEQUENOS SERES tímidos e prestativos, que são utilizados pela aristocracia mágica brasileira para realizar trabalhos caseiros. Podem se teletransportar livremente, independente de barreiras mágicas. Esses seres possuem membros longos, olhos grandes e vermelhos, e três chifres em sua cabeça, sendo os das fêmeas mais longos que os dos machos. Embora sejam bons faxineiros, são péssimas babás, tendo um medo não tão saudável de crianças pequenas.

Ativistas protetores de criaturas mágicas tentaram por alguns anos protestar ante o Alto Governo Mágico Brasileiro pela libertação desses seres, alegando que eles eram tratados como escravos. Os protestos chegaram a um fim abrupto quando um Mbaépajé porta voz dos ET's comprovou que os mesmos necessitavam da energia que os ligava aos abapajés para poderem sobreviver.

Familiá

SERES FEITOS de chamas multicoloridas, que nascem de minúsculos ovos vítreos e que, logo após o nascimento, procuram abrigo dentro de garrafas de vidro. Esses seres são conhecidos por formarem uma ligação quase simbiótica com abapajés e cunhãpajés, e podem levar anos até encontrarem alguém digno para se ligarem. Quando ocorre a união os Familiá assumem a forma do animal que melhor representa a psique do abapajé, tornando-se seus guardiões. Sua vida fica então ligada à vida do abapajé ou cunhãpajé e, é tido que, quando este ou esta morrem, o Familiá se desfaz em cinzas. São companheiros comuns no mundo mágico brasileiro.

Fogo Fátuo

DIMINUTAS E velozes aves de plumagem flamejante com diferentes tons de azul que, quando batem suas asas, provocam pequenas chamas azuladas, razão pela qual são muitas vezes confundidos com pequenas bolas de fogo flutuantes. Devido a essa afinidade com o fogo, são também conhecidos como fênix anãs no mundo mágico brasileiro e muitos Mbaépajés tentam até hoje estabelecer um parentesco entre essas criaturas e as Fênix Europeia e Egípcia.

Por conta de sua resistência e força incomuns, bem como seu senso de direção apurado e inteligência afiada, são muitas vezes utilizadas para a entrega de correspondências, entretanto, por serem animais de alto valor no mercado, são utilizados para essa função apenas pela alta sociedade mágica. Abapajés e cunhãpajés de classe média ainda preferem usar os serviços de correio feito por Araras, que são igualmente eficientes, porém mais demoradas.

Foguinho da Ladeira

CABRITINHO CUJO corpo é coberto por intensas labaredas e que possui a índole calma e olhar azul inocente, sendo encontrado principalmente no estado do Piauí. Pode se transportar de um ponto a outro com incrível velocidade usando suas chamas. São também conhecidos pelos abapajés locais como "Fogo da Justiça", pois suas chamas apenas queimam aqueles com intenções malignas ou assassinas.

Membros de uma das tribos mágicas da região contam que, certa vez, estavam sendo atacados por um grande grupo de Paieaíbas quando, um por um, os invasores começaram a arder em chamas. Após a fumaça baixar, tudo o que restou dos atacantes foram cinzas, em cima das quais se erguia o pequeno cabritinho de fogo, que desapareceu logo em seguida. Dizem que, quando ele morre, suas labaredas se apagam, deixando para trás uma carcaça de ouro puro.

Galo Depenado

GALO ENORME cujo corpo, no lugar de penas, possui vários espinhos pontiagudos. Quando se sentem ameaçados, eles incham seus corpos e projetam seus espinhos, como se fossem porcos-espinhos. Vivem no interior paulista e são conhecidos por atacarem caminhantes desavisados enquanto buscam por objetos brilhantes, os quais utilizam para montar seus ninhos dentro de tocas escavadas entre terrenos rochosos. Seus ovos possuem uma casca resistente de ouro puro as quais são até hoje muito procuradas por abapajés garimpeiros que buscam fazer fortuna. Desnecessário dizer que muitos deles não alcançam dita riqueza.

Gorjala

GIGANTES DE corpo negro, com um olho só e boca escancarada, cheia de dentes pontiagudos, encontrados principalmente nas regiões Norte e Nordeste do Brasil. Apesar de ser do tamanho de um prédio de três andares, os Gorjalas são bem discretos e silenciosos, conseguindo se ocultar com eficácia nas serras e penhascos, atuando como uma espécie de guardião das poucas florestas que ainda existem nessas regiões. Seu hálito é capaz de criar uma intensa neblina que serve para confundir suas presas. Devoram qualquer um que tente invadir seus domínios. Atualmente estão sob severa vigilância do Departamento de Controle, Comércio e Criação de Criaturas Mágicas.

Ipupiara

CRIATURA MÁGICA marinha que habita o litoral brasileiro. De características felinas, corpo longo e escamoso, que termina em uma cauda de barbatanas compridas, esses seres são os mascotes e protetores das Boapurã. A Mbaépajé Niara Ribeiro, após passar alguns anos estudando essas criaturas, determinou que os Ipupiaras são seres bissexuados, com ambos órgãos reprodutivos funcionais. Quando encontram um companheiro para se ligarem, o mais forte do par geralmente é aquele que concebe as crias, se tornando extremamente agressivo e protetor. Utilizam suas longas caudas para navegarem pelas correntes marítimas.

Janaí

PEQUENOS, FOFOS e muito arteiros, esses símios de pelos pretos e olhos azulados utilizam seus poderes para fazer desaparecer objetos e até mesmo pessoas, transportando-os para lugares completamente diferentes no raio de um quilômetro. Alguns abapajés tentaram domesticar esses animais para utilizá-los como uma forma de transporte rápido, entretanto a prática caiu em desuso quando mais e mais crianças começaram a desaparecer de suas casas, vítimas das brincadeiras desses seres. Possuem longas caudas que utilizam para se moverem de uma árvore para a outra e quanto mais longa for a cauda, mais velho será o Janaí.

João de Barro

PEQUENO PASSERIFORME de aparência comum que, assim como o Acaéoby, não foi considerado uma criatura mágica até o dia em que um exemplar da espécie foi avistado carregando o tronco de um gigantesco pinheiro em suas patas minúsculas. Também secretam uma substância pelos seus bicos que muito se assemelha ao barro, a qual utiliza para construir suas moradias.

Pedro Silva, Mbaépajé especialista em aves, possuía um esquadrão domesticado de Joãos de Barro, os quais ele passou anos treinando para construir casas mágicas. Infelizmente o negócio não se tornou muito popular, pois as casas construídas tinham todas um formato arredondado, dificultando na hora de pôr a mobília.

Kunhã Bebé

PEQUENOS SERES alados, parentes das outras espécies de fadas presentes no mundo, embora de inteligência muito mais apurada. No Brasil, são divididas em três espécies diferentes:

Mãe-de-ouro: as maiores dentre as fadas brasileiras, possuem o corpo completamente dourado; fazem suas casas em grutas e cavernas escondidas no meio da mata e adoram colecionar ouro e pedras preciosas. Devido as suas incríveis habilidades com ouro e finanças, são elas que administram a economia mágica brasileira.

Naiá: pequenas e adoráveis, elas fazem suas moradias nas folhas das vitórias régias; possuem a habilidade de purificar a água, entretanto, devido à grande onda de poluição, elas estão classificadas como seres em risco de extinção.

Comadre Florzinha: as menores dentre as fadas brasileiras; de pele marrom escura e cabeleira preta encaracolada, elas procuram fazer suas moradias nos jardins mais bem tratados de residências mágicas, onde passam a cuidar das flores e vegetação local.

Labatut

ENTIDADE FANTÁSTICA de corpo semelhante ao porco-do-mato, porém com quase o dobro de tamanho, com grandes presas e estruturas pontiagudas que recobrem boa parte do seu corpo. Sua pele é dura e resistente a maioria dos feitiços, seu ponto fraco sendo o único olho em sua testa. Quando intimidados, esses animais incham como se fossem baiacus e projetam os espinhos de seu corpo como flechas mortais, novos nascendo dentro de apenas alguns segundos.

Lobreu

PEQUENOS LUPINOS de pelagem variando entre tons de marrom, preto, cinza e branco, que, quando adultos, não atingem altura acima do joelho de um homem crescido. Poderiam ser facilmente confundidos com um filhote de lobo comum, se não fosse por suas três caudas felpudas e olhos completamente negros.

João da Conceição Lopes, vulgo "Tião Lobão", Mbaépajé que se dizia especialista em caninos, foi preso e teve sua Carteira Nacional de Mbaépajé (CNM) caçada por vender filhotes de Lobreu para os Ereymas, após amputar duas de suas caudas, alegando serem filhotes de Husky Siberiano. Por sorte, o Departamento de Controle, Comércio e Criação de Criaturas Mágicas conseguiu resgatar todos os filhotes vendidos e recrescer suas caudas. Os Lobreus são os animais de estimação mais populares entre os adolescentes do mundo mágico brasileiro.

Macará

SERPENTE GIGANTE e muito dócil que antigamente era utilizada pelas várias tribos indígenas para transportar seus contingentes de guerreiros. Apesar de sua cegueira, é capaz de se deslocar com extrema velocidade pelos intricados túneis subterrâneos que interligam as localidades mágicas brasileiras, utilizando seu apurado sentido mágico para se guiar seguindo as linhas de energia presentes na terra. É atualmente o meio de transporte mais popular do mundo mágico, podendo carregar confortavelmente os passageiros nos vagões atados às suas costas.

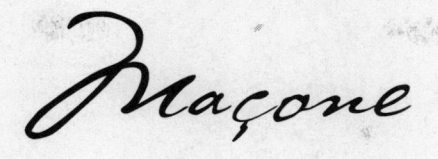

Maçone

ANIMAL FANTÁSTICO semelhante a um bode, cujo corpo é feito do mais resistente ferro zincado. Alguns estudiosos alegam que os primeiros Maçones tenham sido, na verdade, a família do abapajé alquímico que vivia em uma das tribos do litoral cearense e que teriam sido transformados quando um dos seus experimentos alquímicos deu errado. Altos e orgulhosos, esses animais das terras nordestinas vivem em pequenos grupos nos altos das serras cearenses.

Na temporada de acasalamento, os machos desafiam uns aos outros chocando seus chifres metálicos, provocando barulhos intensos. Várias foram as vezes que o Departamento de Controle, Comércio e Criação de Criaturas Mágicas teve que deslocar um Esquadrão Especial para silenciar a área ao redor durante esse período. Por conta da grande resistência desses animais, os antigos agricultores mágicos costumavam utilizá-los para arar a terra, embora essa prática tenha caído em desuso devido a imprevisibilidade dessa animal.

Mãenatí

CRIATURAS DE extrema inteligência, que se assemelham a híbridos metade humanos, metade peixes. Essas sereias brasileiras possuem pele parda, cabelos semelhantes a algas, olhos dourados e são um dos menores exemplares da espécie, não atingindo alturas acima de 1,80 cm. Vivem em pequenas comunidades nos rios e lagos brasileiros, sendo o maior ajuntamento encontrado no fundo do Rio Amazonas. Em meados de 1686, um tratado de não agressão foi assinado entre o então Alto Pajé, Ivaí Yanoama e o líder dos Mãenatí, cessando assim um conflito que já se estendia por 50 anos pelos direitos de uso do Rio Amazonas.

Mão ~ Pelada

PEQUENA RAPOSA que compõe a fauna fantástica de Minas Gerais. Possuem a pelagem vermelho fogo e olhos verdes esmeraldas. Suas duas patas dianteiras são desprovidas de pele e podem assumir a forma das mãos de qualquer espécie de mamíferos, incluindo seres humanos. Essa habilidade, juntamente com a sua capacidade de imitar com perfeição qualquer tipo de som que escutem, mesmo frases humanas, são muito utilizadas para confundir as presas e os predadores dessa criatura. Chegam a atingir o tamanho de um cordeiro. São muito tímidos e difíceis de serem avistados, possuindo hábitos noturnos.

Mapinguari

CRIATURA QUE vive na floresta amazônica, de pelo longo e escuro, porte de um urso pardo, e um único olho amarronzado em sua testa. Quando percebem a presença de uma ameaça ou de um invasor, eles se levantam sobre suas duas patas traseiras, alcançando facilmente os dois metros de altura. Possuem longas e mortais garras, que utilizam para esfolar suas vítimas, e uma bocarra que se estende da sua face até o meio de sua barriga. Liberam um odor fétido e pungente, que faz com que suas presas fiquem desnorteadas, permitindo apanhá-las com facilidade.

Marajigoana

SER MÁGICO capaz de assumir a forma de qualquer um que olhe em seus olhos esverdeados. Se alimentam da alma do ser o qual roubou a identidade, até que este se transforme em uma casca sem vida, momento em que busca por uma nova vítima. Pode-se identifica-lo através de seu antinatural olhar esverdeado, que permanece o mesmo, independente da identidade que assuma. A única forma de libertar a vítima do Marajigoana é fazendo com que esse animal se olhe em uma superfície reflexiva. Ele tentará assumir a forma refletida e acabará preso dentro do espelho, que pode então ser destruído.

Matinta Pereira

AVE DE plumagem negra e perturbadores olhos vermelhos, seme-lhante a uma rasga-mortalha, porém com o dobro do seu tamanho, e que emite um intenso assobio. Seu hálito gelado é conhecido por provocar pesados nevoeiros, onde ela aguarda pacientemente para capturar sua próxima refeição, sendo capazes de comer qualquer coisa que se mova.

As pessoas sem magia passaram a associar seu assobio com um presságio de morte. Relatos dizem que uma velha cunhãpajé, se aproveitando desse fato, ia até as casas dos pobres ignorantes e exigia que os mesmos lhe entregassem fumo, em troca de suas vidas. Se eles se negassem, ela os jogava no meio do nevoeiro para servir de alimento a Matinta. A cunhãpajé foi apanhada alguns meses depois pelos Guarapajés, mas o mito permanece na memória dos Ereymas até os dias atuais.

Minhocão

SERPENTE MÁGICA gigantesca que, assim como os Macará, vive e se desloca por uma rede de túneis subterrâneos. Apesar do seu imenso tamanho e semblante assustador, é um animal de extrema inteligência e muito protetor de seu território, sendo por isso utilizado como o principal guardião dos portões da maior cidade mágica brasileira: Itajubaté, capital econômica e sede do Banco Mágico do Brasil (BMB). Suas escamas coloridas e resistentes são muito procuradas para a confecção de vestes e acessórios pela aristocracia mágica.

Mocó

PEQUENINOS ROEDORES mágicos, do tamanho da palma da mão, de pelos cinzentos fofos, e grandes e inocentes olhos azulados. Essas amáveis e tímidas criaturas possuem um bolso em suas barrigas que parece não ter fundo, o qual utilizam para guardar todo o tipo de coisas brilhantes que caiam em suas pequeninas mãozinhas ou que possam ser alcançadas por sua longa cauda pegajosa, tais como joias, moedas e até mesmo latinhas de refrigerante. Foram caçados até quase a extinção para a fabricação de mochilas mágicas de fundo interminável. Hoje são protegidos por lei pela Secretaria de Desenvolvimento e Defesa do Meio Ambiente Mágico.

Mula sem Cabeça

ANIMAL FANTÁSTICO com corpo de mula que, no lugar da cabeça, apresenta uma tocha de fogo. Eram muito procurados pela aristocracia do mundo mágico para puxar suas carruagens, entretanto, devido a alguns incidentes com a comunidade sem magia, o uso desses animais ficou muito restrito, necessitando de uma licença especial do Departamento de Controle, Comércio e Criação de Criaturas Mágicas. O maior rebanho conhecido dessas criaturas encontra-se nas terras do Centro de Formação de Pajés do Brasil, sendo até hoje usados para puxar as charretes que transportam os alunos dos portais de embarque até os portões do Centro.

Pai ~ do ~ Mato

ANIMAL FANTÁSTICO semelhante a um bicho preguiça de nariz grande e azulado, e do tamanho de um homem adulto. Muito tímido e pacífico, seus compridos pelos prateados lhe conferem a capacidade de se camuflar no ambiente que o cerca, e ele se utiliza dessa habilidade para confundir possíveis caçadores e proteger a fauna que vive em seu território. Suas garras afiadas são capazes de perfurar com facilidade superfícies resistentes. Por conta de suas propriedades de camuflagem, seu pelo é muito procurado para a confecção dos "capotes de sumiço" brasileiros, porém o seu comércio é altamente monitorado.

Pisadeira

PEQUENOS DIABRETES que surgem nas casas mágicas e não mágicas durante a noite, provocando pesadelos e se alimentando do medo das pessoas. Fazem seus ninhos em locais escuros como forros de casas e porões. Em 1895, o então diretor do Centro de Formação de Pajés do Brasil, Pedro Noronha, teve um grande problema com uma infestação desses seres na área do laboratório de fabricação de possangas, e as aulas tiveram que ser canceladas por quase duas semanas enquanto um grupo do Esquadrão Especial de Mbaépajés combatia a praga.

Quibungo

LOBO GIGANTE de pelos negros, com uma boca cheia de dentes pontiagudos em suas costas. Animal de origem africana, chegou ao Brasil trazido por uma família portuguesa de Paieaíbas contaminados por energias negativas, que pretendia utilizá-los para se vingar de uma família rival. Entretanto, devido à ferocidade e imprevisibilidade desses animais, a família vingativa acabou sendo a sua presa. Hoje, estão contidos em uma pequena área fortemente protegida por barreiras mágicas no interior do pantanal Mato-grossense e sua criação é terminantemente proibida.

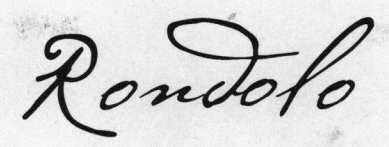

Rondolo

AVE MÁGICA de rapina, cujas asas atingem quase doze metros de envergadura. Possui penas cinzentas e bico preto afiado, com olhos luminosos que lembram o brilho de um raio. Liberam ondas de eletricidade estática de suas penas, que atraem nuvens pesadas a sua volta, provocando tempestades e fortes correntes de ar com o bater de suas asas poderosas. Vivem aos pares e constroem seus ninhos nas encostas de altos penhascos.

Apesar de sua aparência feroz, são na verdade criaturas bem pacatas e muito protetoras, principalmente de filhotes, sendo conhecidas por adotar jovens de outras espécies com facilidade. Um dos relatos mais conhecidos desse comportamento ocorreu em meados de 1986, quando uma família de pajés foi assassinada enquanto passavam as férias em uma das cidades tribais próxima a fronteira da Venezuela, e o jovem filho do casal foi dado como desaparecido. Anos depois, Mbaépajés encontraram a criança vivendo no alto do Pico 31 de Março, sendo criado por um par de Rondolos.

Saci

PEQUENOS PRIMATAS mágicos, originários da região sul do Brasil, mas que hoje são encontrados espalhados em todo o território nacional. Possuem corpo coberto de pelos negros com um topete vermelho vivo em suas cabeças. Muito divertidos e brincalhões, os Sacis passam seu tempo aprontando travessuras. São capazes de controlar correntes de ar e podem causar pequenos pé-de-vento, que utilizam para escapar de perseguidores. Podem ser domesticados se seu topete for cortado e usado como amuleto. São muito procurados por mestres fabricantes de possangas como animais de estimação, devido à sua habilidade de farejar diferentes ervas mágicas.

Saia ~ Verde

PEQUENAS ENTIDADES mágicas femininas, semelhantes a águas-vivas, que podem ser encontradas em todo litoral brasileiro. Vivem em grandes comunidades nos arrecifes e são as acompanhantes das Boapurã, estabelecendo uma relação simbiótica com elas. Seus tentáculos podem atingir até dois metros de extensão e liberam potentes descargas elétricas, capazes de parar o coração de suas vítimas em questão de segundos.

O corpo do mais famoso Mbaépajé especialista em animais marinhos, Kayke da Costa Ribeiro, foi encontrado completamente esturricado na costa da praia de Pernambuco. Legistas do hospital mágico atribuíram a causa à um encontro do abapajé com o cardume de Saias-verde que vivia nos arrecifes onde ele fazia sua pesquisa.

Solha

PEIXE MÁGICO gigantesco de corpo fino e achatado, e escamas prateadas que refletem o ambiente a sua volta, servindo-lhe de camuflagem. Possui uma bocarra cheia de fileiras de dentes pontiagudos na lateral de seu corpo, a qual, ao nadar horizontalmente, utiliza para destruir e engolir embarcações inteiras. Durante muitos anos, os Maíras de origem europeia se referiam a esse peixe como "desova de Caríbde", comparando-o a uma criatura mágica que aterroriza embarcações no litoral grego. Felizmente os Solha são animais solitários que vivem em alto mar, só se reunindo com outros de sua espécie quando chega a época de reprodução.

Tapiora

ANIMAL FANTÁSTICO, com feitio de onça e pele de anfíbio, de olhos vermelhos e saltados, e pele dourada brilhosa. Vive nos igapós e charcos, atacando pescadores desavisados com ferocidade. Libera uma perturbadora catinga que desorienta suas presas, tornando-as alvos fáceis. Muitos Ereymas cearenses foram dados como desaparecidos após ataques desses animais, pois tendiam a pensar que, quando alguém gritava o nome desse ser mágico em aviso, estavam na verdade oferecendo um prato típico do estado.

Teiniaguá

PEQUENAS SALAMANDRAS de coloração negra, com manchas vermelhas ou amarelas e pequenos orifícios espalhados pelo corpo. São encontrados espalhados por todo o território brasileiro e são conhecidos por se estabelecerem em rios e lagos, onde utilizam os poros de seus corpos para expelir vapor e aquecer a água, criando as chamadas fontes termais. Aproveitando-se desses animais dóceis e tímidos, um grupo de abapajés transformaram os habitats desses seres em pontos turísticos, que continuam a atrair cada vez mais pessoas, tanto mágicas quanto sem magia. A maior comunidade de Teiniaguás conhecida encontra-se na região de Nova Prata, Rio Grande do Sul.

Teju Jaguá

CRIATURA FANTÁSTICA, semelhante às Hidras europeias, com um corpo de lagarto gigante e sete cabeças de cães. Adoram ouro e pedras preciosas, colecionando-as para a construção de seus ninhos, dos quais se tornam muito protetores. Suas ninhadas variam entre dez a vinte ovos multicoloridos, sendo que, destes, apenas um terço é realmente fecundado. As fêmeas se tornam altamente perigosas na época de acasalamento, chegando a matar os machos mais fracos que tentam se aproximar. Devido ao seu apego com coisas preciosas, são muitas vezes utilizados pelas Mãe-de-ouro na proteção dos cofres de segurança máxima no Banco Mágico do Brasil.

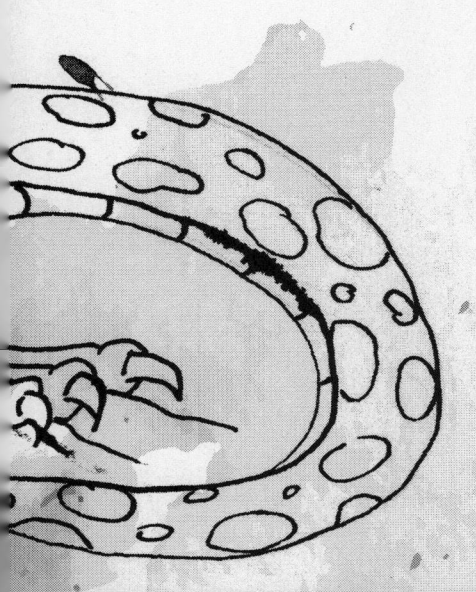

Tinguaçú

TAMBÉM CONHECIDOS como Alma-de-gato, esses seres mágicos assumem a forma de pequenos pássaros de penas cinzentas durante o dia, enquanto à noite, se transformam em um gato preto. Em ambas formas possuem olhos que produzem intensas faíscas vermelhas.

Gostam de se estabelecerem nos quintais das casas mágicas e dizem que sua presença atraí as Comadres Florzinhas, razão pela qual são um dos mascotes mais procurados pelas donas de casa. Quando morrem, seus restos dão origem a uma planta de mesmo nome, cujas folhas são um dos ingredientes usados nas possangas de transmutação.

Tutu

ANIMAL FANTÁSTICO originário da região africana. Sua forma verdadeira é a de um esqueleto de feições caninas, com olhos esbranquiçados, e corpo revestido por rasgos de tecidos fluidos e sombrios. Podem assumir a forma de diferentes animais, porém sempre terão nessas formas os pelos negros e olhos brancos assustadores. O Tutu provoca uma sensação de medo intensa. Não existem mandingas conhecidas no mundo mágico que possam derrota-los, todavia, os Famíliás são capazes de mantê-los afastados por um tempo e os Aguará os tem como suas presas favoritas.

Uaiuara

CANÍDEO ROBUSTO, de porte pequeno, corpo musculoso e cheio de pregas, e que anda sobre as patas traseiras. Possui compridas orelhas abanantes, as quais são úteis para lhe dar estabilidade quando corre, levando-o a atingir velocidades assombrosas. Os membros da Alta Aristocracia Pajé são conhecidos por criarem animais com pedigree para participarem de provas de velocidade oficiais, realizadas pela Confederação Nacional de Criadores de Uaiuaras.

Outra habilidade que possuem é a de utilizar seu faro extremamente apurado para caçar ou encontrar pessoas e objetos perdidos, razão pela qual são muito utilizados pelo Departamento de Busca e Resgate da Secretaria Mágica de Segurança nos casos de catástrofes ou de pessoas desaparecidas.

Uiara

ANIMAL MÁGICO que vive nas águas da região norte do Brasil. São tímidos e extremamente amigáveis, chegando muitas vezes a serem avistados pelos Ereymas, que os confundem com um boto comum. Apesar de sua atitude plácida, os Uiara não são indefesos. Quando intimidados, produzem um som tão intenso que pode causar surdez permanente ao seu atacante. Também exala uma energia capaz de acalmar até a mais feroz das bestas mágicas. Seu sangue é afrodisíaco e é o principal ingrediente dos elixires do amor brasileiros.

Unicorne

AVE MÁGICA de plumagem acinzentada, do tamanho de um peru, com pernas longas e pretas. Possui um único corno negro saindo de sua testa que, quando arrancado, se desintegra na forma de um líquido preto fétido e corrosivo. Seu sangue é um dos mais potentes venenos conhecidos em todo o mundo da magia e uma única gota é capaz de contaminar todo um manancial hídrico, razão pela qual o seu comércio e manuseio requerem uma licença especial da Coordenadoria de Compra e Venda de Produtos Encantados. Apesar desses efeitos, se usado corretamente, o sangue do Unicorne também pode dar origem a uma potente possanga antitóxica.

Xexéu

PÁSSARO DE penas negras e amarelas que imita os sons de outras aves e animais, chegando até mesmo a pronunciar algumas palavras. Poucos são aqueles que ouviram o verdadeiro canto dessa ave. Alfredo Aguiar dos Ramos, um Mbaépajé especialista em aves, afirma ter visto em primeira mão os efeitos do canto dessa ave, quando estava em uma de suas empreitadas de estudo. Na ocasião, sua companheira de viagem e esposa havia adoecido de forma repentina. O Mbaépajé desesperado estava a ponto de ir em busca de socorro quando o som mais belo que já havia escutado soou nas proximidades. Um Xexéu acabava de pousar em um galho próximo ao leito improvisado de sua esposa e soltava pequenos trinados melodiosos. Bastaram alguns instantes de cantoria para a mulher abrir os olhos e se levantar, como se nunca antes tivesse estado doente. Entretanto, quando o abapajé se voltou para procurar o pássaro, o mesmo havia desaparecido, uma pilha de cinzas marcando o local onde ele pousou.

Yawara

ANIMAL MÁGICO enorme que vive nas profundezas da floresta amazônica. Tem a forma de uma onça com cascos de boi. Andam sempre aos pares, que se reúnem na época de acasalamento e permanecem juntos até a morte. Nesse período, a fêmea se torna extremamente agressiva e só se permite ser coberta pelo macho que conseguir dominá-la. São conhecidos por deixarem um rastro sangrento de destruição nesses períodos. Muito territoriais, estes felídeos vivem em tocas escavadas com o auxílio de seus cascos poderosos. O estranho movimento circular de suas manchas tem um efeito hipnótico sobre suas presas.

Ybytagual

EQUINO MÁGICO alado, cujo corpo é formado por um condensado de nuvens, que se solidificam quando ele coloca seus três cascos em terra firme. Fazem seus ninhos nas nuvens mais densas, vivendo em pequenas manadas. São fortes, rápidos e muito orgulhosos, chegando a matar de forma brutal aqueles que tentam domesticá-los. Uma forma de mantê-los sólidos seria amarrar um saquinho contendo terra em cada um de seus cascos.

Uma das tribos indígenas de pajés do Rio Grande do Sul tinha como rito de passagem uma competição onde os jovens tinham que caçar e domar um exemplar deste animal. Nos dias atuais, a doma do Ybytagual faz parte de uma das modalidades do Campeonato Pentatlo, um famoso torneio que acontece uma vez por ano na cidade militar de Guaranibassu.

Zauairúi Hepoá

PARENTES PRÓXIMOS dos Yawaras, esses animais de três patas, corpo completamente negro e manchas prateadas espiraladas são os maiores e mais perigosos felídeos mágicos das Américas, chegando a atingir alturas de mais de dois metros. São rápidos, fortes, viciosos e extremamente agressivos, sendo animais de comportamento solitário. Seu hálito venenoso é capaz de incapacitar suas vítimas por alguns minutos e seu couro duro é resistente a maioria dos encantamentos.

FSC
www.fsc.org
MISTO
Papel | Apoiando
uma gestão florestal
responsável
FSC® C092828

2023
CARBON
NEUTRAL
SAVE
cerrado

○ editoraletramento　　⊕ editoraletramento.com.br

ⓕ editoraletramento　　ⓘ company/grupoeditorialletramento

ⓨ grupoletramento　　✉ contato@editoraletramento.com.br

⊕ casadodireito.com　　ⓕ casadodireitoed　　○ casadodireito

Grupo
Editorial
LETRAMENTO